PANINI BOOKS

In der Buchreihe **Die Elfenprinzessin** sind bisher erschienen:

Band 1: Die Elfenprinzessin und der gläserne Schlüssel
Band 2: Die Elfenprinzessin und der Junge aus dem Moorland
Band 3: Die Elfenprinzessin und der kleine Kobold

# Die Elfenprinzessin und der kleine Kobold

Von Marie Johnson und Katja Reichert

PANINI BOOKS

Die Deutsche Nationalbibliothek verzeichnet diese Publikation in der Deutschen Nationalbibliografie; detaillierte bibliografische Daten sind im Internet über http://dnb.d-nb.de abrufbar.

Dieses Buch wurde auf chlorfreiem, umweltfreundlich hergestelltem Papier gedruckt.

In neuer Rechtschreibung
Empfohlen ab Klasse 2

**Band 3: Die Elfenprinzessin und der kleine Kobold**


Chefredaktion: Claudia Weber
Redaktion: Birgitt Kehrer
Text: Marie Johnson
Illustrationen: Katja Reichert
Lektorat: Gesa Schäfer
Grafik: tab indivisuell, Stuttgart
Satz: Vanessa Buffy, Mannheim
Druck: CPI – Ebner & Spiegel, Ulm
ISBN: 978-3-8332-1819-4
**www.panini.de**

## 1. Kapitel

... in dem Kyla und Alba zusammen ausreiten

Albas lange Mähne peitschte Kyla, der Prinzessin aus dem Reich der Sonnenelfen, ins Gesicht. Der Wind zerrte an ihrem dünnen, roten Kleid. Sogar ihre violette Umhängetasche mit dem grünen Band flog an ihrer Seite auf und ab.
Immer schneller stürmte Alba, die weiße Ponystute, über den Weg mitten durch die Klatschmohnfelder. Ihr Schweif wirbelte durch die Luft. Sie hatte den Kopf gestreckt, als wäre sie ein Rennpferd. Eine der Blüten, die Kyla auf ihre blonden Zöpfchen gesteckt hatte, löste sich und fiel zu Boden. Die Elfenprinzessin musste ihre Beine sehr fest an Albas weichen Bauch pressen, um das

Gleichgewicht nicht zu verlieren. Ihre Finger krallten sich in Albas Mähne, weil sie ohne Sattel und Zaumzeug ritt: Beides brauchten die Sonnenelfen nicht.

Nun lag der Bach vor ihnen, an dessen Ufer Weidenröschen wuchsen. Alba hob die Vorderbeine und sprang mit einem Satz darüber – danach wurde sie langsamer.
„Hui!", rief Kyla begeistert. „So schnell sind wir noch nie geritten, Albinchen. Aber es hat Spaß gemacht!"
Alba wieherte laut. Ihr hatte der wilde Ritt genauso gut gefallen wie der Elfenprinzessin. Kyla und Alba waren unzertrennlich. Sie liebten sich sehr und waren fest miteinander verbunden. Denn zu jeder Elfe gehörte ein Pony. Ein Pony, das in derselben Stunde geboren worden war wie seine Elfenfreundin.
Jetzt erst bemerkte Kyla, dass Albas Fell feucht war und dampfte. „Wir reiten im Schritt zurück", sagte sie streng. „Du bist ja ganz verschwitzt."

Alba tat, was die Elfenprinzessin gesagt hatte. Allerdings schritt sie nicht geradeaus über den Feldweg, sondern ging in Schlangenlinien vorwärts. Kyla musste laut lachen. „Ach, Alba, du hast heute wohl nur Unsinn im Kopf …“
Sie hatte kaum das letzte Wort ausgesprochen, als die Ponystute plötzlich stehen blieb. Die Elfenprinzessin rutschte nach vorne, denn damit hatte sie nicht gerechnet.
„Hey, warum bleibst du stehen?“, protestierte sie. Dann fragte sie: „Hast du etwas entdeckt?“
Neugierig stieg Kyla ab. Sie schaute nach links und nach rechts, sah aber nichts anderes als Wiesen und Felder. Daraufhin trat sie vor Alba und blickte in deren glänzend grüne Augen. Alba zog die Oberlippe nach oben und bleckte ihre kräftigen Zähne.

Kyla verstand sofort, was das Pony ihr sagen wollte. „Du bist stehen geblieben, weil ich gesagt habe, du hättest heute nur Unsinn im Kopf."

Alba schnaubte. Sie bewegte ihren Kopf auf- und abwärts. Es sah aus, als würde sie nicken.

„Wir haben heute beide nur Blödsinn im Kopf", erklärte Kyla lachend und rieb mit beiden Händen über Albas Kinnbacken. „Meine Weiße, ich habe dich unendlich lieb. Ach, es ist so wunderschön, dass es dich gibt."

Zärtlich schmiegte Alba ihr Maul in Kylas Hände. Das hieß nichts anderes als: „Ja, das stimmt!"

„Jetzt müssen wir aber nach Hause!", verkündete Kyla. Sie gab ihrem Pony einen kleinen Kuss auf die Nase und sprang mit einem Satz auf seinen Rücken.

Gemütlich trabten die beiden zum Elfenschloss. Im Stall begrüßte sie Schailinn, die Schimmelstute von Kylas Mutter Tana, mit einem freudigen Wiehern. Alba und Schailinn steckten die Köpfe zusammen und bliesen einander warmen Atem in die Nüstern.

Kyla führte ihr Pony an seinen Platz, griff nach einem Büschel Stroh und rieb Alba trocken. Danach nahm die Elfenprinzessin einen Striegel und fuhr in vielen kleinen Kreisen über Albas Hals, ihre Brust, ihren Bauch und ihre runde Kruppe. Für Alba war das wie eine Massage. Vor lauter Wonne zuckte ihre Oberlippe. Kyla klopfte den Striegel mehrmals aus. Schließlich wollte sie den Schmutz nicht zurück in Albas Fell

putzen. Nun griff sie zur Kardätsche, einer großen, weichen Bürste. Mit dieser strich Kyla von vorne nach hinten über Albas Körper. Dabei achtete sie darauf, stets in Wuchsrichtung des Fells zu bürsten.
Plötzlich drehte Alba den Kopf und rieb ihr Maul an Kylas Rücken. „Hey, willst du mich etwa auch putzen?“, gluckste Kyla.
Wie zur Bestätigung stupste Alba die Elfenprinzessin erneut an. Dann drehte sie den Kopf in Richtung des Futterkorbes, in dem normalerweise Leckereien wie Äpfel und Karotten lagen.
„Aha! Du möchtest eine Belohnung haben, Alba?“ Kyla bückte sich und hielt erstaunt inne. „Komisch“, sagte sie. „Als wir heute Morgen losgeritten sind, war der Korb noch fast voll.“
Aber nun lagen nur noch zwei Äpfel und eine Möhre darin.

„Das waren bestimmt die Kobolde!“, stellte Kyla fest und stemmte die Arme in die Hüften.

Im Elfenreich lebten nicht nur Elfen, sondern auch Kobolde. Die kleinen Wesen waren bekannt dafür, dass sie anderen gerne Streiche spielten. Während des Striegelns hatte Kyla einmal sogar geglaubt, ein leises Kichern gehört zu haben. Vielleicht waren das ja die Kobolde, die sich darüber gefreut hatten, etwas stibitzen zu können.

„Hmm“, überlegte Kyla und griff nach dem größeren Apfel, der noch im Korb lag.

„Da muss ich wohl bald für Nachschub sorgen.“ Aber sie war den Kobolden nicht böse, denn ihre Scherze und Streiche waren immer harmlos und taten niemandem weh.

Während Alba den rotbackigen Apfel verspeiste und ihr dabei rechts und links der Saft aus dem Maul tropfte, füllte Kyla die Heuraufe. Schließlich strich die Prinzessin ein letztes Mal über das nun wunderschön glänzende Fell ihres Ponys. „Bis später, Alba. Ich muss los“, sagte sie und lief schnell wie der Wind ins Elfenschloss.

## 2. Kapitel

... in dem Kyla einen Besuch in der Kräuterküche macht

Weil sie nach Möhren und Äpfeln für Alba fragen wollte, lief Kyla zuerst in die Schlossküche. Dort war erstaunlicherweise niemand, nicht einmal die Küchenelfe Kalgina.
Auf dem langen Holztisch lagen viele Salatköpfe und anderes Gemüse, das für das Abendessen bestimmt war. Da entdeckte Kyla auf der Anrichte einen Obstkorb. Er war mit leckeren, saftigen Birnen gefüllt. Die Elfenprinzessin konnte nicht widerstehen. Sie nahm sich eine heraus und biss herzhaft hinein. „Hmm, schmeckt gut!“, murmelte sie mit vollen Backen. Nachdem sie die Birne verspeist hatte, machte sie sich auf die Suche

nach ihrer Mutter. Aber Elfenkönigin Tana war weder im Thronsaal noch in ihren Gemächern. Also konnte sie nur in der Kräuterküche sein.

Und dort fand Kyla sie auch. Tana, die mächtige Königin der Sonnenelfen, sah wunderschön aus. Ihre weißblonden Haare hatte sie hochgesteckt; ein bodenlanges, in allen Farben des Regenbogens schimmerndes Gewand umhüllte sie. Um ihre Stirn war ein schmales Band geschlungen, an dem sich ein funkelnder Edelstein befand. Dieses Stirnband war das Zeichen ihrer Macht: Nur die Herrscherin über das Reich der Sonnenelfen durfte es tragen.

Die Königin war nicht allein. In der Kräuterküche hielten sich sogar ungewöhnlich viele Elfen auf.

Die Sonnenelfen kannten die Geheimnisse sämtlicher Pflanzen und wussten, wie man

sie zur Heilung von Krankheiten einsetzen konnte. Die kundigen Elfen pflückten Kräuter, Blumen und Früchte, gruben Wurzeln aus oder schälten die Rinde von den Bäumen. Sie trockneten oder pressten die Pflanzenteile und vermischten sie miteinander, damit sie ihre heilsame Wirkung entfalten konnten. Tana und ihre fleißigen Helferinnen versorgten das ganze Elfenreich mit Säften, Salben und Pulvern. Denn manche Tiere – oder auch die lustigen Kobolde – litten von Zeit zu Zeit an Felljucken, Bauchgrimmen, Schwindel, Kopfschmerzen und anderen Krankheiten. Die Elfen selbst waren so gut wie nie krank.

Noch immer stand Kyla in der Tür, und erst jetzt sah sie, dass ihre Mutter mit einem Kobold sprach. Neben Tana sah er winzig aus. Genau wie seine Stammesgenossen war er sogar viel kleiner als Kyla. Seine grünbraune

Haut und seine violetten Haare schimmerten im matten Licht. Um seinen Körper hatte er drei große Blätter geschlungen, die mit einer Liane zusammengehalten wurden. Die Kobolde waren sehr geschickt darin, sich Hemden und Hosen aus verschiedenen Blattarten herzustellen.

Kyla wollte gerade zu ihrer Mutter gehen, da trat die weise Serafina auf sie zu. Serafina war nicht nur Tanas engste Vertraute, sondern auch Kylas Lehrerin.

„Sei gegrüßt, Prinzessin“, sagte sie.

„Du kannst leider nicht zu deiner Mutter, sie ist beschäftigt."
„Was möchte der Kobold von ihr?", fragte Kyla neugierig.
„Er erstattet Bericht und holt außerdem einen Heilsaft", erklärte Serafina.
„Ach so." Kyla nickte. „Und warum sind heute so viele Elfen in der Küche?", fragte sie weiter.
Serafina lächelte. „Wir nähern uns dem dritten Tag im fünften Monat des achten Jahres", sagte sie.
Die Elfenprinzessin runzelte die Stirn. Diese drei Zahlen musste sie zuerst einmal sortieren: *dem dritten Tag im fünften Monat des achten Jahres,* das klang ziemlich verwirrend. „Ja, und?", fragte sie deshalb nach einer kurzen Denkpause.
„Bald nach dem dritten Tag im fünften Monat des achten Jahres", erläuterte Serafina

geduldig, „können die Blüten der Gethamanepflanze geerntet werden“.
„Aus ihnen kann man den Gesundwerdesaft herstellen“, sagte Kyla eifrig. Sie war stolz darauf, dass sie sich dies gemerkt hatte.
„Das ist richtig. Die Blüten der Gethamane sind etwas ganz Besonderes. Du hast in meinem Unterricht gut aufgepasst, Prinzessin“, sagte Serafina erfreut.
„Aber viel mehr weiß ich nicht darüber“, gab Kyla zu. „Und gesehen habe ich noch keine.“
„Das kannst du auch nicht, denn die Gethamane blüht nur alle acht Jahre. Beim letzten Mal warst du also noch sehr klein.“
Serafina erklärte ihr, dass die Gethamane ungefähr zwei Meter in die Höhe wuchs und ihre Blüten sehr viel Kraft in sich trugen. Nach dem dritten Tag im fünften Monat blühten sie nur für einige Stunden. Und genau

in dieser kurzen Zeit mussten sie gepflückt und weiterverarbeitet werden.
Das war der Grund, weshalb in der Kräuterküche so viel los war: Die Sonnenelfen bereiteten die Gefäße vor, in denen der Saft gekocht werden sollte. Sie stellten sämtliche Zutaten bereit, die dem Trank beigemischt werden mussten, und säuberten alle Werkzeuge, die sie für die Verarbeitung der Gethamanepflanze brauchten.

„Dann muss unser Saftvorrat ja acht Jahre halten“, warf Kyla ein, sobald Serafina schwieg.
„Genau“, erwiderte die weise Elfe, „und es ist gut, dass die Gethamane bald

blüht. Wir haben nämlich nur noch einen klitzekleinen Rest."

In diesem Moment beobachtete Kyla, wie ihre Mutter dem Kobold zum Abschied ein gläsernes Gefäß überreichte. „Gibt Mama dem Kobold etwas von unserem Gethamanesaft?"

„Nein, er bekommt eine andere Medizin", gab Serafina zur Antwort. „Aber schau, der Kobold ist gegangen. Jetzt kannst du zu deiner Mutter."

„Das mach ich", sagte die Prinzessin. „Danke für die Schulstunde, Serafina."

Serafina schmunzelte. „Spätestens übermorgen wird mein Anteil an den Vorbereitungen beendet sein. Dann kann dein Unterricht wieder täglich stattfinden."

Kyla freute sich, denn sie war wissbegierig und lernte gerne. Lächelnd wandte sie sich ab, lief auf ihre Mutter zu und umarmte sie stürmisch. Das schöne, lange Kleid der

Elfenkönigin war aus weichem Stoff gewebt, und Kyla schmiegte sich fest in Tanas Arme. Am liebsten wäre sie eine ganze Weile so stehen geblieben, doch sie hob den Kopf und fragte: „Kann ich helfen, Mama?“
Tana gab ihr einen Kuss. „Hier in der Küche derzeit nicht“, erwiderte sie, „aber ich wüsste schon, wie du dich nützlich machen könntest.“
„Was soll ich tun?“, fragte Kyla eifrig.
„Bist du zu müde, um noch einmal auszureiten?“
Kyla richtete sich auf. „Zum Reiten bin ich nie zu müde“, sagte sie fast ein wenig empört.
Tana streichelte sanft über die Wange ihrer Tochter: „So folge mir, mein Kind!“

## 3. Kapitel

… in dem Kyla und Alba noch einen Ausritt machen

Tanas schöne Stute Schailinn wieherte laut, als die Königin und Kyla den Stall betraten. Alba sah verwundert aus: Kyla hatte sich doch eben erst von ihr verabschiedet …
„Wir reiten aus, Albinchen“, erklärte Kyla. Schnell führte sie Alba aus dem Stall und saß auf. Tana folgte ihr mit Schailinn in den Hof. Mit einem eleganten Satz schwang sich die Elfenkönigin auf den Rücken ihrer Schimmelstute. Die Küchenelfe Kalgina reichte ihr noch einen großen Weidenkorb, dann ritten sie los.

Nach einer Weile erreichten die Elfen den Grüneichenwald. Er war schattig und dunkel. Kyla fand ihn ein bisschen unheimlich. Zum Glück war der Weg dort breit genug, um nebeneinander zu reiten.

„Hier bist du nie zuvor gewesen, Kyla, nicht wahr?“, fragte Tana.

„Nein, Mama.“ Die Elfenprinzessin schüttelte den Kopf.

„Gefällt es dir hier?“, wollte Tana nun wissen.

„Das schon“, antwortete Kyla, „aber ich mag es nicht, wenn die Sonne nur so wenig durch die Bäume kommt.“

„Im Schutz der Grüneichen leben viele Tiere. Es gefällt ihnen hier, sie fühlen sich wohl“, erklärte Tana. Sie wies mit einer Hand nach oben. „Sieh, in der Krone dieses Baumes lebt ein Steinadlerpärchen mit seinen Jungen.“

Kyla blickte hinauf, und jetzt hörte sie auch die aufgeregten Schreie der Jungtiere, die um Futter bettelten. Steinadler hatte Kyla schon häufiger beobachtet. Sie hatte die großen Greifvögel mit den gewaltigen Schwingen in der Luft gesehen und bewundert, wie sie höher und höher stiegen und immer mächtigere Kreise zogen.
Einen Adlerhorst hatte Kyla jedoch noch nie gesehen.
„Dort, Kyla, schau!“ Nun wies die Elfenkönigin schon auf das nächste Wunder: einen mächtig hohen Ameisenhaufen. „Auch den Ameisen geht es gut im Schatten der Grüneichen.“
Kyla hätte sich den riesigen Ameisenhaufen zu gerne aus der Nähe angeschaut. „Können wir kurz haltmachen, Mama?“
„Ein anderes Mal, Kyla. Heute sind wir ein wenig in Eile.“

Endlich stellte Kyla die Frage, die ihr schon die ganze Zeit auf der Zunge brannte. „Wohin reiten wir eigentlich?"
„Das hat aber lange gedauert, mein Kind. Normalerweise willst du doch immer alles sofort wissen!" Tana lachte. „Aber deine Neugier kann sogleich befriedigt werden, wir befinden uns fast am Ziel."
Der Wald hatte sich gelichtet, die Bäume standen nun weniger dicht als zuvor. Doch die Sonne drang auch hier nicht vollständig durch die Baumkronen.
„Nun müssen wir absteigen und die Pferde zurücklassen", sagte Tana und ließ sich von Schailinns Rücken gleiten. Kyla stieg ebenfalls ab und trat neben ihre Mutter. Tana nahm sie bei der Hand.
„Wir werden den Weg verlassen und neunzehn Schritte in den Wald hineingehen", forderte die Elfenkönigin ihre Tochter auf.

„*Tug*“, sagte Kyla, ohne zu merken, dass sie mal wieder ein Wort verkehrt herum ausgesprochen hatte. Das passierte ihr manchmal, und sie wusste selbst nicht warum. Natürlich hatte sie „gut“ sagen wollen.

Wenig später waren die Königin und die Prinzessin am Ziel. Direkt vor ihnen standen seltsame Gewächse. Sie hatten kaum Blätter, aber kräftige, grüne Stängel mit nach oben hin spitz zulaufenden Verdickungen an den Enden. Die Stängel reichten Kyla fast bis an die Schulter.

„Sind das die Gethamanepflanzen?“, fragte Kyla sofort.

„So ist es, mein Kind.“

Die Elfenkönigin begutachtete die Stängel ganz genau und strich behutsam über eine der verdickten Spitzen. „Es wird bald so weit sein. Wersta hatte recht.“

Den Namen Wersta hatte Kyla noch nie gehört. Ihre Mutter erklärte ihr, dass dies der Kobold war, dem sie am Vormittag einen Heilsaft gegeben hatte. Und der ihr jeden Tag über den Zustand der Gethamane-knospen berichtete.

Aufmerksam betrachtete Kyla die Pflanzen.

„Sind diese komischen Knubbel die Knospen?“

„Richtig, und sie werden bald aufbrechen. Die Kobolde, die hier im Grüneichenwald leben, werden pünktlich zur Stelle sein, um die Blüten zu ernten.“

„Es ist also bald der dritte Tag im fünften Monat des achten Jahres“, sagte Kyla mit einer sehr erwachsen klingenden Stimme.

„Das hast du von Serafina schon gelernt“, freute sich Tana.

„Ja, und aus den Blüten kann man einen Saft herstellen, der alle Krankheiten heilt.“

„Also weißt du bestimmt auch, dass man sie nur in den ersten Stunden nach dem Aufbrechen der Knospen ernten kann. Denn nur dann ist ihre Wirkkraft stark und lang andauernd.“

Kyla nickte. Vorsichtig betastete sie eine der Knospen. „Sie fühlt sich ganz weich an“, sagte die Elfenprinzessin versonnen.

Tana strich ihr leicht über die Wange. „Genau wie du“, erwiderte sie. „Aber nun komm, ich habe noch eine Überraschung für dich.“

## 4. Kapitel

… in dem Kyla und Tana eine Rast einlegen

Die Elfenkönigin führte Kyla und die Pferde, die brav gewartet hatten, noch ein Stückchen in den Wald.
„Oh, ist das schön hier“, flüsterte Kyla glücklich.
Vor ihnen lag eine große Waldlichtung. Sie hörten das Plätschern eines Baches. Sanftes Sonnenlicht schimmerte durch die Bäume und wärmte eine Rehmutter mit ihrem Kitz. Wie alle Wesen im Reich der Sonnenelfen waren die Tiere furchtlos: Sie wussten, dass ihnen von niemandem Gefahr drohte.
„Darf ich zu ihnen gehen?“, fragte Kyla.
Tana nickte. Behutsam näherte sich die Elfenprinzessin den beiden Rehen. Langsam

streckte sie die Hand aus und ließ das neugierige Kitz an ihren Fingern schnuppern. Ganz sanft streichelte sie über seine Nase, die fast so weich war wie Albas.

Kyla drehte sich zu ihrer Mutter um.

Tana breitete auf dem Waldboden eine große Samtdecke aus und öffnete den Weidenkorb. Etwas abseits grasten die Pferde friedlich – und erst jetzt merkte Kyla, wie hungrig sie war.

„Holst du uns bitte frisches Wasser aus dem Bach?“, fragte Tana und hielt ihr eine Karaffe entgegen.

Als Kyla mit dem frischen Quellwasser zurückkam, hatte ihre Mutter den Weidenkorb ausgepackt und seinen Inhalt auf der Decke ausgebreitet.

„Oh, wir machen ein Picknick“, rief die Elfenprinzessin begeistert. Sie setzte sich auf die Decke und betrachtete die saftigroten Erdbeeren, die in Vanillepudding schwammen. Auf großen Laubblättern lagen köstlich aussehende Kuchen aus wilden Möhren und dünne Pfannkuchen, die mit Hagebuttenmarmelade bestrichen waren. Außerdem gab es Mirabellen, Kirschen, Himbeeren und ein großes Schälchen mit dicken, gelben Gadoldaperlen, die zuckersüß schmeckten und zu Kylas Lieblingsspeisen gehörten. Kyla griff sofort in dieses Schälchen und steckte sich eine der runden Perlen in den Mund. „Hmm, lecker“, schwärmte sie. Während Tana und Kyla von den Köstlichkeiten naschten, tauchten immer wieder Tiere in ihrer Nähe auf: Kaninchen, Hasen, kleine Mäuse, Eichhörnchen mit buschigen Schwänzen, Eichelhäher und andere Tiere,

die hier im Wald lebten. Auch die beiden Rehe beobachteten das Picknick.
„Du bist aber sehr hungrig“, stellte die Elfenkönigin nach einer Weile fest. Die mitgebrachten Speisen hätten normalerweise für fünf bis sechs Personen gereicht. Nun war nicht mehr besonders viel übrig, fast alles war weggefuttert.
„Du aber auch“, sagte Kyla ein wenig vorlaut.
Denn weder Tana noch Kyla bemerkten, dass noch ein weiteres Wesen an dem vortrefflichen Picknick teilnahm: Sobald sie nämlich einen Moment nicht hinschauten, griffen winzig kleine Koboldhände über die Decke …
„Puh, ich bin pappsatt“, sagte Kyla schließlich und streckte sich genüsslich. Da näherte sich eines der vorwitzigen Kaninchen. Es hoppelte auf die Samtdecke und reckte der

Elfenprinzessin sein rosafarbenes Näschen entgegen.
„Tss, du putziges Kerlchen", kicherte Kyla. „Willst du auch etwas zum Futtern haben?"
Die Nase des Kaninchens wackelte auf und ab. Das sah zu süß aus. Die Elfenprinzessin griff in ein Schälchen und holte die letzte dicke Himbeere heraus: „Möchtest du die?"

Das Kaninchen hoppelte noch ein Stückchen näher und nahm die saftige, rote Frucht vorsichtig ins Mäulchen.

Als alles aufgegessen und der Weidenkorb wieder gepackt war, stellte sich Kyla auf die Zehenspitzen und gab ihrer Mutter einen Kuss. „Das war ein tolles Picknick, Mama. Vielen, vielen *Knad*!“ Sie musste lachen und verbesserte sich: „*Dank* wollte ich natürlich sagen.“

„Ich habe dieses Picknick ebenso sehr genossen“, lächelte Tana. Glücklich und zufrieden machten sich die beiden auf den Heimweg.

## 5. Kapitel

… in dem Kyla einen wunderschönen Morgenhimmel zaubert

Als die junge Elfe Laili die Elfenprinzessin am folgenden Morgen wecken wollte, war Kyla bereits angezogen.
„Guten Morgen, Prinzessin“, sagte Laili schmunzelnd. „Du bist ja schon fertig.“
Kyla nickte und band ihre Haare zu zwei Zöpfchen. Auf dem Weg zum Stall würde sie noch zwei frische Blüten pflücken, um sie hineinzustecken. „Mama und ich reiten heute wieder in den Grüneichenwald. Wir müssen nachschauen, ob die Heilpflanzen geerntet werden können.“
„Ich habe gehört, die Knospen brechen bald auf“, antwortete Laili. Dann fragte sie erstaunt: „Machst du kein Morgenrot?“

„Doch“, antwortete Kyla, „aber Mama hat gesagt, dass wir die Sonne heute etwas früher aufgehen lassen.“
Zu den Aufgaben der Sonnenelfenprinzessin gehörte es, das Morgenrot an den Himmel zu zaubern, nachdem die Königin dafür gesorgt hatte, dass die Sonne aufging.
„Na, dann spute dich, Prinzessin“, trieb Laili sie an. „Dein Frühstück steht auf dem Tisch.“

In Windeseile verspeiste die Elfenprinzessin ihr Früchtebrot. Dann rannte sie die Treppe zum Turmzimmer des Schlosses hinauf. Tana hatte den hohen Kristallschrank bereits geöffnet, und Kyla holte die wertvolle Holztruhe heraus. Mit dem gläsernen Schlüssel, der immer an ihrer violetten Umhängetasche hing, schloss sie nun die Truhe auf:

Unzählige duftig leichte Tücher in allen möglichen Farben befanden sich darin. Mit einem schnellen Griff zog Kyla ein hellgelbes und ein eierschalenfarbenes Tuch heraus.
Die Königin stand auf dem Balkon und wartete auf Kyla, um das Morgenritual zu vollziehen. Sobald Tana die Sonne aufsteigen ließ, zog Kyla nacheinander ihr gelbes und ihr eierschalenfarbenes Tuch durch die Luft und wedelte zwei wunderbar zarte Farben auf den Morgenhimmel. Das Elfenland erwachte.
Nun stiegen Mutter und Tochter gemeinsam die vielen Stufen der Turmzimmertreppe hinunter. Tana ging schneller als sonst, Kyla konnte kaum Schritt halten.
„Sind wir zu spät, Mama?“, fragte sie besorgt.
Ihre Mutter hielt kurz inne und schüttelte den Kopf. „Für einen Besuch des Grün-

eichenwaldes würde die Zeit wohl ausreichen. Heute können wir jedoch nicht dorthin reiten."

Erschrocken riss Kyla die Augen auf. „Warum nicht?"

„Wir haben nicht genügend Gefäße, um den Gethamanesaft abzufüllen. Serafina und ich müssen umgehend für Nachschub sorgen. Deshalb werden wir sofort zu den Ostsonnenelfen aufbrechen."

Alle Sonnenelfen beherrschten die Kunst der Glasherstellung. Aber die großen, ballonförmigen Gefäße für den Gethamanesaft lieferten die Elfen, die im Osten des Reiches lebten. Dort war Kyla bisher nie gewesen.

„Darf ich mitkommen?", fragte sie daher hoffnungsvoll.

„Wir werden sehr schnell reiten, Kind, deshalb müssen Serafina und ich diese Aufgabe alleine erledigen."

„Oh nein“, grummelte Kyla enttäuscht.
Zum Glück wusste Tana, wie sie ihre Tochter aufheitern konnte. „Sei nicht traurig, wir holen unseren Ausflug morgen nach.“
Und schon hatte die Elfenprinzessin wieder allerbeste Laune.

Als Kyla später im Stall ihrer Ponystute erzählte, dass sie an diesem Vormittag ganz viel Zeit haben würden, wieherte Alba freudig. Wie immer schien sie genau zu verstehen, was die Elfenprinzessin ihr sagte.
Kurz darauf ritten die beiden gemächlich auf ihrem Lieblingsweg zum Bach und freuten sich an der Schönheit der Landschaft. Plötzlich hatte Kyla eine Idee!
Sie beugte sich weit nach vorne. „Weißt du was?“, flüsterte sie Alba ins Ohr. „Wir könnten

zum Grüneichenwald reiten und nach den Gethamaneknospen sehen.“ Die Elfenprinzessin zögerte. „Meinst du, dass Mama etwas dagegen hat, wenn wir beide so weit in den Wald hinein reiten? Ob das zu gefährlich ist, Albinchen?“, überlegte sie laut. Doch

sogleich glitt ein Lächeln über Kylas Gesicht, denn sie war sicher: Im Elfenwald gab es keine Gefahren. Außerdem könnte sie so ihrer Mutter zeigen, dass sie gemeinsam mit ihrem mutigen Pony eine sehr wichtige Aufgabe erledigen konnte.
Inzwischen war Alba stehen geblieben und ließ ihre kleinen Ohren von vorne nach hinten und wieder zurück gleiten.
„Willst du nicht, Alba?“
Die hübsche Ponystute schnaubte leise.
Das bedeutete, sie war mit Kylas Plan einverstanden.

Wenig später befanden sich Kyla und Alba auf dem Weg in den Grüneichenwald. Die Elfenprinzessin entdeckte die Baumkrone mit dem Horst des Steinadlers.

„Gleich kommt der riesige Ameisenhaufen", rief sie Alba zu.
Und genauso war es auch. Bald darauf erreichten sie die Stelle, wo am Vortag die Pferde zurückgeblieben waren. Kyla sprang von Albas Rücken.
Das letzte Stück schritt Alba vorsichtig hinter Kyla her.
Erstaunt stellte Kyla fest, dass die Stängel der Gethamane sie inzwischen überragten. Auch die Knospen waren noch dicker und praller geworden. Geöffnet hatten sie sich allerdings noch nicht.
Kyla drehte sich zu Alba um: „Sie sind noch nicht reif, Albinchen."
Aber die Aufmerksamkeit der weißen Ponystute war auf etwas anderes gerichtet. Alba hatte den Kopf tief auf den Boden gesenkt und schnupperte …

# 6. Kapitel

…in dem Kyla und Alba
etwas entdecken

„Hey, Albinchen, spielst du Hund?“, scherzte die Elfenprinzessin. Sie ging in die Hocke und steckte eine Hand in das Erdloch, das Alba so spannend fand. Dann zog sie ein paar Laubblätter heraus, an denen winzige Teigreste und Erdbeerblätter klebten.
„Hm! Guck mal, Alba“, sagte Kyla verwundert. „Es sieht fast so aus, als wären das Reste von unserem Picknick.“
Alba schlug bestätigend mit dem Schweif.
„Aber wie kommen die hierhin?“, grübelte Kyla weiter. Natürlich! Plötzlich wusste sie es: Hatte sie sich gestern nicht darüber gewundert, dass die leckeren Speisen so schnell aufgegessen waren? Ihre Mutter,

die Waldtiere und sie hatten die Köstlichkeiten nicht allein verspeist. Irgendjemand hatte unbemerkt an ihrem Picknick teilgenommen.

„Hm“, murmelte Kyla zum zweiten Mal.

Dann tippte sie sich mit der flachen Hand an die Stirn.

„Klar, das waren Kobolde“, sagte sie laut. „Die wohnen ja hier im Grüneichenwald.“

Sie stand auf und legte Alba eine Hand auf den Mähnenkamm. „Meinst du, wir können welche finden?“

Alba wendete den Kopf nach links.

„Sollen wir ein Stückchen in diese Richtung gehen?“, fragte Kyla.

Alba ging zwei Schritte vor, Kyla folgte ihr. Sie schaute sich aufmerksam um. Als sie sich einer besonders hohen Eiche näherten, spitzte Alba die Ohren. Auch Kyla hörte etwas. Beide blieben stehen.

„Was ist das?“, flüsterte die Elfenprinzessin.
„Es hört sich an, als würde jemand weinen …“
Neugierig ging sie näher an den Baum heran.
Das Wimmern wurde lauter. Irgendjemand musste hinter dem dicken Stamm sein!
Die Elfenprinzessin fasste sich ein Herz und lugte vorsichtig um den Baum.
Zwischen den starken Wurzeln der Eiche saß ein kleines, jammerndes Wesen, das den Kopf in seinen Händen vergraben hatte.
An seinen grünlichbraunen Beinen, den violetten Haaren und den riesigen Ohren erkannte Kyla sofort, dass es ein Kobold war.
„Hallo, Kleiner, warum weinst du?“, fragte sie mitleidig.
Überrascht fuhr der Kobold hoch und starrte Kyla mit roten, verquollenen Augen an.
Sie kniete sich neben ihm nieder. „Was ist mit dir?“

Der Kleine schluchzte laut auf. „Ich habe etwas ganz Schlimmes gemacht …“, begann er, konnte aber vor Kummer nicht weitersprechen.
Die Elfenprinzessin legte ihm vorsichtig die Hand auf den Arm. „Magst du es mir erzählen?“
„Ich bin schuld, dass mein Volk krank geworden ist“, stieß der Kobold hervor. Betrübt wiegte er den Kopf hin und her. „Vor ein paar Tagen sollte ich das Mittagessen auftragen“, sprach er weiter. „Dabei habe ich wohl zwei Töpfe verwechselt und den falschen auf den Tisch gestellt. Am Nachmittag sind alle, die daraus gegessen habe, plötzlich krank geworden.“
„Was war denn in dem Topf?“, wollte Kyla wissen.
„Eigentlich sollte Kartoffelbrei drin sein“, heulte der Kleine.

„Und jetzt ist ihnen schlecht?", fragte Kyla besorgt.
„Nicht nur schlecht. Ihre Gesichter und Körper sind ganz rosa geworden, und sie konnten sich fast gar nicht mehr bewegen. Es ist so schrecklich!" Wieder brach der Kobold in Tränen aus.
Kyla hatte von Serafina schon gehört, dass gesunde Kobolde grünbraun waren. Wenn sie krank wurden, veränderte sich ihre Hautfarbe und wurde rosarot.
Die Elfenprinzessin hatte großes Mitleid mit dem unglücklichen Kobold. Angestrengt dachte sie darüber nach, wie sie ihn trösten konnte. „Hast du denn nichts davon gegessen?", fragte sie.
„Doch."
„Hm, dann müsstest du aber auch krank sein."
Der Kobold schniefte. Dafür hatte er keine Erklärung.

„Und wenn du nicht krank bist, sind die anderen vielleicht längst wieder gesund“, sprach Kyla weiter. „Am besten gehst du sofort nach Hause.“

„Das geht nicht“, jammerte der Kobold. „Ich bin weggelaufen. Ich kann nie wieder zu meinen Leuten zurück. Aber ich würde ihnen so gerne helfen.“ Nun weinte er so laut, dass Kyla das Herz schwer wurde.

Nach und nach beruhigte er sich. Schließlich blickte er Kyla in die Augen: „Ich war so schrecklich hungrig, deshalb habe ich von eurem Picknick gegessen. Bist du mir böse?“

„Kein bisschen“, versicherte die Elfenprinzessin. Für einen ganz kurzen Moment erhellte ein kleines

Lächeln das Gesicht des Kobolds. „Ach, wenn ich meiner Familie nur helfen könnte“, seufzte er dann.
Da fiel Kyla etwas ein: Hatte ihre Mutter nicht einem der Kobolde eine Glasflasche gegeben? Und hatte Serafina ihr nicht erklärt, dass darin ein Heilsaft war?
Vielleicht hatte dieser Saft die Familie des Kobolds längst wieder gesund gemacht.
Und wenn nicht, kannte die Elfenkönigin garantiert eine andere Medizin.
„Weißt du was? Wir reiten jetzt gemeinsam zum Elfenschloss. Meine Mutter kann dir bestimmt helfen!“

## 7. Kapitel

… in dem Kyla und Alba dem kleinen Kobold helfen

Der Kobold hatte bisher noch nie mit Elfen zu tun gehabt. Die hochgewachsenen, schönen Elfen waren ihm immer ein wenig unheimlich erschienen. Aber zu Kyla und dem freundlichen Pony fasste er sofort Vertrauen.

Kyla stieg auf Albas Rücken und zog den Kleinen hoch, sodass er vor ihr sitzen konnte. Zuerst hatte er Angst, weil er noch nie auf einem Pferd gesessen hatte. Aber Kyla hielt ihn mit einem Arm fest, und Alba trabte noch ruhiger als gewöhnlich.

„Reiten ist schön“, sagte der kleine Kobold nach einer Weile, und seine Stimme klang nicht mehr ganz so traurig.

„Das finde ich auch“, antwortete Kyla.
„Sag mal“, fuhr sie fort. „Wie heißt du eigentlich?“
„Jonte – und du?“
„Ich heiße Kyla, und das Pony heißt Alba.“
„Es ist ein sehr hübsches Pony“, sagte der kleine Kobold – und Alba reckte stolz den Hals.

Bald erreichten die drei den Stall der Elfenpferde. Als Jonte dort die Schimmelstute Schailinn erblickte, drückte er sich ganz fest an Albas rechtes Vorderbein.
„Das ist Mamas Schailinn. Vor ihr brauchst du keine Angst zu haben“, beruhigte Kyla ihn. Jonte blieb trotzdem lieber in sicherer Entfernung.

Sorgfältig rieb die Elfenprinzessin Albas Fell trocken und versorgte die Ponystute mit frischem Wasser und Heu. Zum Schluss gab sie ihr einen liebevollen Klaps auf die Kruppe. „Bis später, Albinchen!“ Zu Jonte gewandt sagte sie: „Und wir beide gehen ins Schloss!“

Verlegen trat Jonte von einem Fuß auf den anderen. „Kann ich bitte hier auf dich warten?“

„Warum?“, fragte Kyla erstaunt.

„Die Elfen sind so groß, und ich fürchte mich vor ihnen“, gab er zu. „Aber bei Alba fühle ich mich wohl.“

Alba blies durch die Nüstern und legte dem kleinen Kobold die Nase auf die violetten Haare. Das sah zu lustig aus – und die Elfenprinzessin musste laut lachen.

„Na gut“, sagte sie. „Ich komme wieder, nachdem ich mit Mama gesprochen habe.“

Es war Zeit für das gemeinsame Abendbrot der Sonnenelfen. Deshalb lief Kyla direkt in den großen Speisesaal.
„Weißt du, wo meine Mutter ist?“, fragte sie Kalgina. Die Küchenelfe schmückte die bereits gedeckte Tafel mit frischen Efeuranken. Sie schüttelte verneinend den Kopf.
Da betrat die Königin den Speisesaal. Kyla lief auf sie zu: „Ich muss dir unbedingt etwas erzählen, Mama!“
„Gemach, Kind, zuerst wollen wir essen und das Ritual vollziehen. Danach haben wir Zeit.“
„Aber es ist ganz, ganz wichtig!“
In diesem Moment läuteten die kleinen Glöckchen. Sie waren das Zeichen dafür, dass sich alle Elfen zu Tisch begeben sollten.
Tana schaute Kyla prüfend an. Es schien, als würde sie ihre Gedanken lesen. „Sei unbesorgt, meine Tochter.“ Sie ergriff Kylas Hand und führte die Prinzessin an ihren Platz.

Vor lauter Aufregung brachte Kyla kaum einen Bissen hinunter. Sie war heilfroh, als sie endlich mit ihrer Mutter in das Turmzimmer hinaufsteigen konnte.
Trotz ihrer Sorgen erledigte sie ihre Aufgabe gewissenhaft. Denn gleichgültig, was auch geschah: Sie war die Prinzessin des Sonnenelfenreichs, und es war ihre Aufgabe, den Himmel bei Sonnenaufgang und bei Sonnenuntergang in die schönsten Farben zu kleiden.
Mit ihrem gläsernen Schlüssel öffnete Kyla die reich verzierte Truhe. Sie wählte ein helles und ein etwas dunkleres rotes Tuch und trat zu ihrer Mutter auf den Balkon.
„Bist du bereit, meine Tochter?“, fragte Tana.
„Ja“, antwortete Kyla, hob ihre duftigen Tücher nacheinander in die Höhe und zog sie mit einer weichen Bewegung durch die

Luft. Prächtige Farben legten sich über den Abendhimmel. Wenig später wurde es dunkel, und die Bewohner des Elfenreiches machten sich zur Nachtruhe bereit.
Mutter und Tochter sprachen kein Wort, als sie die Treppe hinunterschritten. Wie immer war ihnen nach dem Abendritual sehr feierlich zumute. Aber kaum waren sie in der großen Halle angekommen, da konnte sich Kyla nicht mehr beherrschen. Die Worte sprudelten nur so aus ihr heraus: „Oh, Mama, du musst uns helfen! Es ist etwas ganz Schlimmes passiert!"

## 8. Kapitel

… in dem der kleine Kobold die Elfenkönigin kennenlernt

Rasch erzählte Kyla ihrer Mutter von den kranken Kobolden und dem armen kleinen Jonte, der sich solche Sorgen machte.
„Und der kleine Kobold ist bei Alba im Stall?“, fragte die Königin, als Kyla eine kurze Pause machte.
Kyla nickte.
„Dann werden wir zu ihm gehen.“
Im Stall lief die Elfenprinzessin zu ihrer Ponystute, die auf dem Stroh lag. Der kleine Jonte hatte seinen Kopf dicht an Albas Rücken geschmiegt und schien zu schlafen.
„Jonte?“, fragte Kyla leise.
Der Kleine schrak hoch und sprang auf die Füße.

„Ganz ruhig“, sagte Kyla besänftigend. „Es ist alles in Ordnung.“
Tana trat zu ihnen. „Ich bin Tana, Königin der Sonnenelfen“, stellte sie sich vor. „Wie ich hörte, benötigst du Hilfe.“

Jonte wirkte ein wenig eingeschüchtert, weil die Königin so viel Macht und Würde ausstrahlte. „Ja“, antwortete er leise.
Nun ließ sich Tana noch einmal von ihm erzählen, was geschehen war. Ganz ruhig hörte sie ihm zu. „Es wundert mich“, sagte sie schließlich, „dass unser Saft diese Krankheit nicht heilen konnte.“
„Der in dem Glasgefäß war, das du dem Kobold neulich in der Kräuterküche gegeben hast?“, fragte Kyla.
„Ja“, erwiderte die Königin. „Wersta hat ihn bestimmt direkt an alle verteilt, denen es nicht gut ging …“
„Aber warum hat der Heiltrank ihnen nicht geholfen?“, fragte Kyla verwirrt.
„Ich weiß es nicht. Dieses Mittel hilft den Kobolden eigentlich immer.“ Die Königin wandte sich an Jonte: „Also, deine Familie bekam Bauchweh, woraufhin sie ganz

schwach wurden, sich kaum mehr bewegen konnten und ihre Haut sich rosa verfärbte. Stimmt das so?“

Jonte traten erneut die Tränen in die Augen. Schluchzend nickte er.

Tana schwieg eine Weile. „Nun gut! Ich muss mir selbst ein Bild von der Lage machen. Wir werden morgen in aller Frühe in den Grüneichenwald reiten.“

„Darf ich mit?“, fragte Kyla.

Tana nickte. „Und jetzt werden wir umgehend schlafen gehen. Komm, Jonte, wir bereiten dir ein Nachtlager im Schloss.“

Aber der kleine Kobold wollte lieber bei Alba bleiben.

Als sie am nächsten Morgen losritten, lag noch tiefe Dunkelheit über dem Reich.

Jonte saß hinter Kyla auf Alba. Mit beiden Armen umklammert er die Elfenprinzessin und hielt sich gut fest, weil sie sehr schnell ritten.
In der zurückliegenden Nacht hatte Tana einen Heiltrank gebraut, der besonders

wirksam war, wenn jemand etwas Falsches gegessen hatte.
Kurz bevor sie den Grüneichenwald erreichten, begann es zu dämmern. Über den Himmel zog sich ein fahles Gelb. Die weise Elfe Serafina vollzog stellvertretend für Tana und Kyla das Morgenritual. Doch da sie nicht die Macht der Elfenkönigin besaß, ging die Sonne an diesem Tag nicht strahlend auf. Auch das Morgenrot war um ein Vielfaches blasser als an den Tagen, an denen Kyla es erzeugte.

Schließlich parierte Tana Schailinn durch und glitt von ihrem Rücken. „Wartet bitte hier“, bat sie.
Kyla zuckte zusammen. „Darf ich nicht mit?“, fragte sie enttäuscht. Dabei wollte sie doch

zu gerne sehen, wie die Kobolde lebten und wie es ihnen ging.

„Ich sprach mit Schailinn und Alba. Die Pferde müssen wir hier zurücklassen“, antwortete die Königin mit einem feinen Lächeln. „Du darfst mich begleiten. Und Jonte ebenfalls.“

„Aber …“, begann der kleine Kobold.

„Kein Aber“, sagte die Königin freundlich, aber bestimmt.

Sie machten sich auf den Weg. Jonte griff nach Kylas Hand. Je näher sie den Erdhöhlen der Kobolde kamen, desto fester drückte er sie.

„Du brauchst keine Angst zu haben“, beruhigte Kyla den Kleinen. „Deinen Leuten geht es bestimmt schon wieder besser.“

Aber sie war sich nicht wirklich sicher.

## 9. Kapitel

… in dem Kyla und Tana die Erdhöhlen der Kobolde besuchen

„Wir sind da. Mach dich bitte ganz klein“, forderte Tana die Elfenprinzessin auf. Sie standen vor einem Erdhügel, der über und über mit Laub bedeckt war. Die Königin bückte sich und schob mit bloßen Händen die Blätter zur Seite. Erstaunt sah Kyla, dass sich dahinter ein recht großes Loch befand.

„Das ist der Eingang zu einer der Haupthöhlen“, erklärte die Königin. „Nun gehe ich voraus, und ihr beide folgt mir.“

Schon bald nahm Kyla einen muffigen Geruch wahr. Je weiter sie in den engen Erdgang vordrangen, desto mehr verstärkte er sich. Schließlich weitete sich der Gang, und sie

betraten eine hohe Erdhöhle. In den Wänden eingegraben, befanden sich viele mit Laub und Moos ausgepolsterte Schlafkojen. Kyla erschrak. Den Kobolden, die in ihnen lagen, schien es wirklich nicht gut zu gehen. Sie waren in braune und knitterig aussehende Blätter gewickelt, was ihre rosarot schimmernde Haut noch stärker hervortreten ließ. Die Kobolde wirkten so schwach und krank, dass selbst Tanas immer heiteres Gesicht einen besorgten Ausdruck annahm. Sie ging auf einen der Kobolde zu. „Wersta“, sagte Tana voller Mitleid. „Was ist passiert? Du warst doch vorgestern noch gesund.“

Der Kobold blickte sie aus stumpfen Augen an. „Ja, da ging es mir gut, aber jetzt …“

„Habt ihr unsere Medizin nicht genommen?“

„Doch, nur hat sie nicht geholfen“, antwortete er mit erschöpfter Stimme.

Obwohl Wersta so schwach war, bemerkte er den kleinen Kobold, der sich zitternd vor Angst hinter Kylas Rücken versteckt hatte.
„Gut, dass du wieder da bist, Jonte. Ich habe mir so große Sorgen um dich gemacht."
Der Kleine schluchzte laut auf, aber er schien auch erleichtert zu sein. Wersta war ihm offenbar nicht böse.
Die Elfenkönigin öffnete die Glasflasche mit dem neuen Heiltrank und reichte sie Kyla.
„Bitte gib jedem Kobold einen Löffel davon."
Während Kyla tat, worum ihre Mutter sie gebeten hatte, begutachtete Tana die Höhle.
Überall lag welkes und modriges Laub, denn die Kobolde waren viel zu krank, um ihre Wohnstatt sauber zu halten. Die Königin betrat einen Seitengang, in dem die Nahrungsmittel aufbewahrt wurden. Dort untersuchte sie die Speisen, die die Kobolde vor ihrer Krankheit zu sich genommen hatten.

Sie rief Jonte zu sich und zeigte auf zwei der Behältnisse. „Sind das die Töpfe, die du vertauscht hast?"
Der kleine Kobold betrachtete die Reste einer dicklichen, gelben Masse, die auf den Topfböden zu sehen war.
„Ja", nickte er.
Die Elfenkönigin roch daran und probierte eine winzige Menge von beiden. Schließlich sah sie Jonte an und sagte: „Dieser Kartoffelbrei ist nicht der Grund für die Erkrankung deiner Familie. Dich trifft also keine Schuld, kleiner Jonte!"
„Puh, da bin ich aber froh!", seufzte Jonte. Ihm fiel ein riesengroßer Stein vom Herzen. Auch Kyla freute sich darüber, dass ihr neuer Freund unschuldig war. „Aber weshalb sind sie so krank?", wollte sie wissen.
Währenddessen prüfte Tana weitere Töpfe und Tiegel, in denen Speisen aufbewahrt wurden.

Mit einem Mal nahm sie eine Schale in die Hand, in der sich ein Brei aus roten Beeren befand. „Weißt du, was das ist, Jonte?"
Er zuckte mit den Achseln. „Ich glaube, es ist Johannisbeermus. Das mag ich nicht."
„Haben die anderen davon gegessen?", fragte Tana eindringlich.
Der kleine Kobold überlegte keine Sekunde. „Ja, bestimmt, zum Nachtisch."
Tana nahm die Schale und trat zu Wersta. „Ihr habt Vogelbeeren zu Mus verarbeitet, Wersta, und euch auf diese Weise vergiftet."
Von einem der Lager drang ein Stöhnen zu ihnen herüber. „Schande über mich", hörte Kyla eine krächzende Stimme.
Tana trat zu dem Kobold, der gerade gesprochen hatte. „Hast du die Speisen zubereitet?"
„Ja", wimmerte der Kobold, dessen Haut sehr runzelig war. „Ich habe die roten Beeren wohl

verwechselt. Ach, ich bin so alt, und meine Augen sehen nicht mehr gut …", brachte er stockend hervor.

„Ihr werdet wieder gesund", tröstete Tana ihn. „Meine Medizin ist stark. Morgen wird es euch besser gehen."

Die nächste Stunde verbrachten Tana, Kyla und Jonte damit, die Erdhöhle aufzuräumen. Sie trugen das welke Laub nach draußen und ersetzten es durch frisches. Danach holten sie Wasser von der Quelle, damit die

Kobolde viel trinken konnten. Auf diese Weise würden sie das Gift aus ihren Körpern ausschwemmen.
Als sich Tana und Kyla verabschiedeten, versprach der erleichterte Jonte, sich aufmerksam um die Kranken zu kümmern.

„Würdest du morgen den Kobolden weiteren Heiltrank bringen?“, bat Tana ihre Tochter auf dem Heimweg. „Dann könntest du auch nach der Gethamanepflanze sehen, denn Wersta wird zu schwach sein, um mir zu berichten.“

Am späten Nachmittag des folgenden Tages machten sich Kyla und Alba erneut auf den Weg. Sie hatten eine große Flasche mit Medizin dabei, und Kyla freute sich auf ein Wiedersehen mit dem kleinen Jonte.

Inzwischen war ihr der Weg durch den Grüneichenwald vertraut: am Steinadlerhorst und am Ameisenhaufen vorbei und dann immer geradeaus. Auch den Eingang zur Erdhöhle der Kobolde fand sie sofort. Sie bückte sich, schob das Laub zur Seite und betrat den Gang, der in die Höhle führte. Es war seltsam still. „Jonte“, rief sie beim Weitergehen. „Jonte, bist du da?“
Aber niemand antwortete.
Kein einziger Kobold befand sich in der Höhle. „Wo sind sie nur alle?“, murmelte Kyla. Hatten sich die Kobolde weiter ins Innere der Erde zurückgezogen, weil es ihnen noch schlechter ging als an den Tagen davor?
Besorgt stellte die Elfenprinzessin ihre Medizin auf den kleinen Tisch und verließ die Höhle.

„Sie sind alle weg, Alba!", berichtete Kyla traurig und schwang sich auf den Rücken ihres Ponys. Niedergeschlagen trotteten sie zum Elfenschloss. Im Stall putzte Kyla ihr Pony sehr sorgfältig, aber sie war nicht ganz bei der Sache. Immer wieder musste sie an die Kobolde denken. Alba spürte den Kummer der Elfenprinzessin und versuchte, sie aufzumuntern. Sie knabberte an Kylas Schulter und blies ihr warmen Atem in den Nacken. Aber nicht einmal Albas Späße konnten die Elfenprinzessin aufheitern.

Beim Abendessen berichtete Kyla ihrer Mutter, dass in der Höhle kein einziger Kobold mehr war.
„Ich werde morgen früh zu den Erdhöhlen reiten", antwortete Tana entschlossen.

Nachdenklich malte Kyla beim Abendritual sanfte Farben an den Himmel, als wollte sie sich und die Kobolde trösten. Danach ging sie zu Bett. Sie war sehr traurig und konnte lange nicht einschlafen.
Als sie gerade ein wenig eingeschlummert war, hörte sie Stimmen im Hof. Flugs sprang sie aus dem Bett, rannte zum Fenster und schaute hinunter. Unten vor dem Elfenschloss sah sie ihre Mutter neben ihrer Stute Schailinn. Tana sprach mit einem Kobold, den Kyla noch nie gesehen hatte. Er fuchtelte wild mit den Händen und schien aufgeregt zu sein. Während Kyla noch überlegte, ob sie nach unten laufen sollte, saß ihre Mutter bereits auf und ritt mit dem Kobold davon …

## 10. Kapitel

… in dem Kyla schlimme Träume hat, aber alles ein gutes Ende nimmt

Voller Sorgen schlich Kyla zurück in ihr Himmelbett. Was wollte der Kobold? Hatte sich der Zustand seiner Leute verschlechtert? Holte er die Königin zu Hilfe? Unruhig warf sich die Elfenprinzessin von einer Seite auf die andere. Irgendwann schlief sie ein. Aber sie träumte schlecht. Immer wieder tauchten in ihrem Traum die kranken Kobolde aus der Erdhöhle auf …

Tanas Medizin hatte ihnen nicht helfen können. Ihre Gesichter hatten eine hellrosa Farbe angenommen. Vor Schwäche konnten sie nicht einmal mehr sprechen. Der kleine Jonte saß bei Wersta und weinte bitterlich.

In Kylas Augenwinkeln sammelten sich die Tränen. Ihr Traum machte sie unendlich traurig.

Und noch einmal sah Kyla in ihrem Traum den kleinen Jonte, der sie flehentlich anschaute. Seine Lippen formten die Worte: „Bitte hilf uns, Kyla."

Also waren die Kobolde doch noch krank? Erneut glaubte die Elfenprinzessin, ihren Namen zu hören. Jonte? Nein, dieses Mal war es eindeutig die Stimme ihrer Mutter. „Wach auf, Kyla, wach auf."

Tanas Stimme war ganz nah.

Die Elfenprinzessin schlug die Augen auf. Wahrhaftig, ihre Mutter hatte sie nicht im Traum gerufen: In ihrer ganzen Schönheit saß die Elfenkönigin an Kylas Bett. Sanft strich sie ihrer Tochter über die Wange. „Steh auf, mein Kind! Komm, ich möchte dir etwas zeigen."

Schlaftrunken erhob sich Kyla. An Tanas Hand schritt sie zum Fenster und schaute hinaus. Was sie dort sah, konnte sie kaum glauben.

Kyla rieb sich die Augen, um sicher zu sein, dass sie nicht mehr träumte.

Es war eine klare Nacht, keine Wolke zeigte sich am Himmel. Der Schlosshof schimmerte im Licht des vollen Mondes. Und nicht nur das: In großen Glasgefäßen lagen Sterne, die ein mildes Licht verbreiteten. Das hatte Kyla erst ein einziges Mal gesehen, denn Sternenlichter wurden nur bei ganz besonders wichtigen Elfenfesten vom Himmel geholt.

„Oh, das sieht wunderwunderschön aus“, flüsterte sie. Die Sonnenelfen hatten sich versammelt. Sie sangen, und ihre Stimmen klangen hell durch die Nacht. Auch die Kobolde waren da: In einer langen Reihe, immer zu zweit nebeneinander, kamen sie in den Schlosshof. Kyla sah, dass jeder von ihnen etwas in den Händen trug.

Sobald alle eingetroffen waren, bildeten sie einen Kreis um ein großes Tuch, das in der Mitte des Schlosshofes auf dem Boden lag. Auf diesem Tuch legten sie ihre Gaben ab: Es waren die riesigen Blüten der Gethamanepflanzen.
„Die Knospen sind aufgebrochen", flüsterte die Elfenprinzessin ergriffen.
Tana nickte. „Ja, Pex hat es mir vor ein paar Stunden mitgeteilt, und wir sind …"
Kyla schaffte es nicht, ihre Mutter ausreden zu lassen. „Also ist der dritte Tag im fünften Monat des achten Jahres vorbei – und Pex ist der Kobold, der heute Abend am Schloss war."
„So ist es. Ich bin sofort mit ihm in den Grüneichenwald geritten. Dort trafen wir auf die Kobolde. Sie hatten die Ernte bereits beendet und wollten es sich nicht nehmen lassen, uns die Pflanzen zu bringen."

„Also sind sie alle wieder gesund“, stieß Kyla erleichtert hervor.
„Das sind sie“, erwiderte Tana lächelnd. „Und auch der alte Koch ist glücklich, denn Serafina hat eine Brille für ihn gemacht!“
„Dass du daran gedacht hast, Mama! Danke.“ Kyla musste ihre Mutter sofort umarmen. Sie blinzelte eine kleine Träne weg, als sie wieder zum Hof hinunterschaute.
„Darf ich zu ihnen gehen?“
„Natürlich, mein Kind, es ist eine ganz besondere Nacht. Den fehlenden Schlaf kannst du morgen nachholen.“

Als Tana und Kyla auf den Schlosshof traten, stimmten die Kobolde und die Elfen ein gemeinsames Lied an. Der kleine Jonte rannte sofort auf die Elfenprinzessin zu und warf sich in ihre Arme. „Alles ist wieder gut“, rief er und strahlte über das ganze Gesicht.
„Oh ja“, erwiderte Kyla voll Freude. „Komm, lass uns schnell Alba davon erzählen!“
Das Gesicht der Elfenprinzessin leuchtete mit dem von Jonte um die Wette. „Ach, Jonte, das Leben ist so *nösch*!“
Und der kleine Kobold verstand auf Anhieb, was Kyla gemeint hatte.

# Zauberhafte Sonnenelfe

Kyla, die junge Elfenprinzessin, und ihr weißes Pony Alba sind unzertrennlich. Sie leben im Reich der Sonnenelfen und streifen liebend gern durch die zauberhafte Landschaft. Eines Tages erhalten die beiden einen Auftrag von Königin Tana, der sie zum großen Wasserfall führt. Er trennt das Land der Sonnenelfen vom Moorland, wo die Menschen wohnen. Voller Neugier riskieren Kyla und Alba einen Blick ins Menschenreich und machen eine unglaubliche Entdeckung …

Bd. 1, ISBN 978-3-8332-1799-9

Eines Morgens unternehmen Kyla und ihre schneeweiße Ponystute Alba eine Reise ins Land der Nebelelfen. Dort wird Kyla ihre Freundin Riona wiedersehen. Die beiden haben sich viel zu erzählen: über Kyla und Albas Ritt ins Moorland, wo die Menschen leben, und über den Jungen, den sie dort kennengelernt haben. Nach Hause zurückgekehrt, fasst Kyla einen Entschluss …

Bd. 2, ISBN 978-3-8332-1800-2

**Überall, wo's Bücher gibt!**

PANINI BOOKS
www.panini.de

# Tierkinder erzählen ihre ersten Abenteuer

Erlebe die spannenden Geschichten des kleinen Fohlens **Pablo** und des süßen Dalmatinerwelpen **Nicki**.

ISBN 978-3-8332-1805-7

**2 Geschichten in jedem Band**

Begleite das Kätzchen **Fee** und das Fohlen **Sunny** bei ihren aufregenden Erlebnissen.

ISBN 978-3-8332-1806-4

**Überall, wo's Bücher gibt!**

PANINI BOOKS
www.panini.de